Título: O Rebanho Perdeu as Asas
Texto: António Mota
Ilustração: Rui Castro
© 2018, Edições ASA II, S.A.

Impressão e acabamento: Norprint – A Casa do Livro

1ª edição: 1987
12ª edição [2ª na ASA]: agosto de 2018 (reimpressão)
[Nesta versão mantiveram-se as ilustrações da versão anterior,
publicada por Edições Gailivro desde 2006, com o ISBN 978-989-557-932-7,
tendo-se procedido a uma reformulação da capa.]
Depósito legal n.º 436566/18
ISBN 978-989-23-4152-1
Reservados todos os direitos
de acordo com a legislação em vigor

Edições ASA II, S.A.
Uma editora do Grupo LeYa
Rua Cidade de Córdova, n.º 2
2610-038 Alfragide – Portugal
Telef.: (+351) 214 272 200
Fax: (+351) 214 272 201
edicoes@asa.pt
www.asa.pt
www.leya.com

O Rebanho
Perdeu as Asas

ASA

O sino da igreja, que ficava em frente da escola, já tinha repetido quatro sonantes badaladas. Apressados, metemos nas pastas livros, cadernos, lápis, marcadores, borrachas, lapiseiras. E, quando a porta da sala foi aberta, saímos cheios de pressa.

Era nessa tarde, tinha de ser!

De resto, tudo estava combinado desde manhãzinha. Triunfante, o Aires todo o dia mostrou a caixa de fósforos que trazia no bolso das calças encardidas, e o Artur segredara que o molhinho de colmo estava escondido entre dois penedos.

Com as pastas a bater nas costas, corremos por caminhos pedregosos e quelhos enfeitados com silvas e urtigas.

Corados e com o coração aos pulos, num instante estávamos ao fundo da aldeia, junto da Casa Velha. Era uma casa desfeita, sem telhado; as pedras, que outrora formaram as paredes, estavam amontoadas no chão. Tinha uma trave grossa e negra que ameaçava ruir a qualquer momento.

Era aí que eles moravam. O Jaime, que se achava muito importante por ter sido o primeiro a descobri-los, jurava que eram mais de um milhão.

O Artur arrancou uma giesta fininha, torceu-a várias vezes, fez dela um vincelho seguro que atou numa mão-cheia de colmo. Estava tudo pronto para iniciarmos o ataque, mas a barulheira que vinha do fundo da casa dava-nos vontade de desistir.

Calados e quietos, assim estivemos bastante tempo. Irrequieto, não suportei mais tanta hesitação.

— Então? Vamos ficar pasmados o resto da tarde? Quem vai na frente?

Silêncio.

— Quem vai lá?

Respondeu um melro em cima de uma oliveira.

— Ih, tanto medo! Vou eu na frente!

Disse aquilo só para não estar calado, para animar os colegas; a verdade é que não me apetecia nada tomar a dianteira.

O Artur correu a pôr-me na mão o molhinho de colmo, e o Aires riscava o primeiro fósforo, que se apagou bruscamente. Ao décimo fósforo, o colmo começou a fumegar.

Ninguém falava, os gaios encarregavam-se da barulheira. O ataque tinha riscos, oh, se tinha!

O Artur emprestou-me o chapéu de palha. Pu-lo na cabeça e avancei com cautelas exageradas. Quando fiquei mais perto da trave, pareceu-me que o barulho aumentou. Fiz de conta que não era nada comigo e dei mais alguns passos em frente. Assustei-me junto do ninheiro de cães vadios e parei. Por cima da minha cabeça lá estavam eles!

O molho de colmo desfazia-se em fumo e labaredas.

Pus-me em bicos de pés e levantei a chama na direção da trave. Mas não consegui tocar-lhe.

Pedi:

– Tragam uma vara comprida!

Num instante os moços estavam à minha beira. Ainda hoje não descobri como conseguiram desencantar vinte varas em tão curto espaço de tempo.

— Vamos embora! Deixem-nos em paz! Eles não nos fizeram mal!… — disse a medo o Luís Pequeno.

Nem lhe respondemos. O Aires levantou a vara e tocou levemente naquele favo comprido, acastanhado, tão bonito e tão perfeito. Foi o que bastou. De imediato formou-se uma nuvem por cima das nossas cabeças. Alarmados com o zumbido ensurdecedor, começámos a fugir em grande correria.

Endiabrados, os besouros defendiam a sua casa. Senti ferroadas no pescoço, nas mãos, na cara.

Deixei para trás o Aires a rebolar-se no chão, atirei com o resto do colmo a arder para cima das pedras amontoadas, tirei o chapéu da cabeça e comecei a defender-me com ele, tropecei num tojeiro e continuei a corrida, logo atrás do Luís Pequeno, que só sabia dizer:

— Eu avisei, eu avisei, eu avisei…

Os besouros não desistiam. Atravessámos um campo de centeio e o dono, o Tio Zé Galo, que andava a regar o batatal, quando nos viu a fazer estradas na pequenina seara madura, começou a barafustar, com a sachola ameaçadora. Depois juntou-se a nós, correndo e barafustando:

— Olha a minha vida! Olha a minha vida! Ah, mariolas!

E eu, sempre a correr atrás do Luís Pequeno, não sabia se os mariolas éramos nós ou os besouros.

Acabámos as correrias quando mergulhámos numa poça cheia de água, que nos esperava, límpida e transbordante, ao fundo de uma leira de milho.

– Mariolas! – repetia o Tio Galo no meio da poça, com a comprida madeixa de cabelo – que, muito esticada, lhe servia para esconder a careca – a pingar gotas de água sobre as costas.

A nuvem desapareceu e nós começámos a rir, cheios de dores. Eu tinha os lábios inchados, umas bochechas mais esticadas que balões, e o Tio Zé, com um olho fechado e a testa papuda e roxa, com os braços levantados, fartava-se de gritar no meio da poça:

– Ah, moçarada! Mariolas! Então vão fazer guerra aos besouros, seus palermas! E agora quem vai pagar o centeio que estragaram?

– Não fomos só nós!… O Tio Galo também ia na frente do Acácio a bater com a enxada para um lado e para o outro… – disse o Aires, enquanto coçava freneticamente a perna esquerda carimbada com três ferroadas.

Depois começámos a rir. É que o Tio Zé não conseguia sair da poça porque as botas estavam enterradas na lama. Chegámos-lhe a ponta de uma estaca, ele agarrou-a e nós, muito certos, começámos a puxar:

– Ou-pa! Ou-pa!

Mais tarde esprememos bagos de uvas verdes sobre as picadelas, depois de arrancarmos os ferrões. Mas antes tivemos de voltar a correr por entre o milharal, porque o Tio Galo, dorido, furioso e encharcado, não largou a estaca e batia em tudo o que encontrava pela frente.

Quando cheguei a casa, a minha mãe alarmou-se. Num dia só a minha cara dormente tinha duplicado, triplicado, quintuplicado de tamanho…

A partir desta data comecei a detestar besouros e, por acréscimo, os restantes familiares donos de ferrão.

E tinha-lhes muito respeitinho.

Não podia imaginar que meses depois havia de andar com milhares de abelhas às costas.

Meu pai tinha uma grande paixão pelos enxames. Perdi a conta às vezes que ficou parado em frente de uma colmeia a ver entrar e sair as abelhas, numa azáfama contínua. Esquecia o tempo e os afazeres. Se não fosse minha mãe chamá-lo, ficava lá o dia inteiro.

Meu pai seguia caminho e olhava para trás sem nada dizer. Sabíamos que ficava triste por não possuir uma única colónia de abelhas.

Às vezes, a meio do ano, passavam enxames unidos em nuvem compacta e zumbidora pelos campos e leiras que trabalhávamos. Meu pai largava as rabiças do arado, o podão, a enxada ou a foicinha para correr como um atleta atrás do enxame desnorteado. Pegava em punhados de terra e areia, e atirava-os de encontro à nuvem acastanhada, gritando até ficar rouco:

— Pousa, abelha-mestra! Pousa, rainha!

Mas a rainha não ouvia e não poisava. E o enxame seguia viagem até o perdermos de vista.

Meu pai ficava descoroçoado. Não tinha grande vontade de trabalhar e maldizia a sorte que teimava em não o favorecer.

— Bichas malucas! Comigo não querem sociedade!... E não sabem o que perdem... – dizia contristado, olhando em volta, de ouvido atento, à espera de que o milagre acontecesse: que o enxame arrepiasse caminho e viesse poisar numa giesta, ou numa videira, junto dos cachos de uvas ainda com bagos do tamanho de ovos de rã.

Entusiasmado por meu pai, um dia acordei a suspirar por um enxame.

É que não era nada fácil ter uma colónia de abelhas. As pessoas da aldeia eram ciosas dos seus enxames, não os davam nem vendiam.

Um dia, quando o outono despia as árvores com sopros de vento, e as vides choravam atadas nos bardos, meu pai entrou em casa, alegre como um cuco.

— Até que enfim! Até que enfim!

— Parece uma criancinha!... – disse a minha mãe, que não se entusiasmava com "essas maluquices".

Meu pai não respondeu. Pegou em dois sacos de serapilheira, enrolou-os, pô-los debaixo do braço e disse para eu o acompanhar.

A encosta era muito a pique. Quando chegámos ao cimo, estávamos alagados em suor. Vimos a casinha coberta com telhas de lousa e heras entrelaçadas nas paredes. Era a única, naquele descampado semeado de penedos gigantes. Nessa casa que transpirava fumo pelas frinchas do telhado, morava um homem. O velho Paulino. E um cão. Um grande cão preto, peludo e magro, sentou-se em frente da porta decorada com uma ferradura velha e começou a rosnar.

– Quieto, Tejo!

O velho Paulino abriu a porta e eu fiquei admirado quando vi que trazia um lenço preto na cabeça e um xaile pelos ombros.

O cão, desconfiado, mostrava a dentuça cor de neve. E eu, calado como os penedos, não tirava os olhos do velho. Reparei que tinha a barba branca e rala a encobrir-lhe as rugas do rosto tisnado e seco.

– Não reparem na minha figura. Aqui em cima está frio e eu aproveito as roupas quentes da minha mulher, que já partiu, coitada.

Apeteceu-me rir, e talvez o tivesse feito se, entretanto, meu pai não me tivesse dado uma suave cotovelada, enquanto dizia:

– Vamos ver as bichinhas, Tio Paulino?

– Vamos lá. Antes, quero que provem da minha colheita. Tenho ali dentro mel de truz!

Entrámos na casa do velho, que era de uma só divisão. Havia um pote de barro na lareira acesa, por trás um preguiceiro e uma cama com as mantas e cobertores em desordem. A um canto, estavam batatas enrimadas e algumas caixas de castanho, enegrecidas pelo fumo.

De uma caixa pequena o velho tirou um frasco de mel. Sacou-lhe a rolha de cortiça, pegou num copo e encheu-o.

– Provem!

Eu olhei para o copo e lembrei-me do Sol. Pensei: "Este velho de lenço na cabeça e xaile sobre os ombros tem dentro das caixas negras pedaços de Sol!"

Provámos o Sol. Era muito doce, pastoso, e cheirava a serra.

– Em minha casa não entra açúcar. A minha doçura é o mel! – gabou-se o Tio Paulino, contente por me ver lamber os lábios.

Meu pai estava impaciente, queria ver as "bichinhas".

Devagarinho, porque o velho andava apoiado num pau de carvalho a servir de bengala, fomos atravessando a serra, com o Tejo mais tranquilo depois que o deixei lamber-me as mãos. Descemos a uma pequena leira, abrigada dos ventos, e o zumbido começou.

Alinhados junto a um socalco, lá estavam os cortiços, com as abelhas a entrar e a sair.

Depois, reparando melhor, admirei-me. Os cortiços, redondos e altos, eram troncos de árvores. A maior parte tinha pedacinhos de madeira a remendar os buracos que o tempo e os pica-paus se haviam encarregado de fazer.

— Sou sempre eu a fazer as colmeias para os meus enxames — explicou o Tio Paulino. — Pego numa serra e ando por aí a descobrir troncos carcomidos, sem vida. Corto-os e depois, nas longas noites que passo sozinho em frente da lareira, só com o Tejo a fazer-me companhia, pego na enxó, no martelo e no formão, e começo a retirar a madeira pelo lado de dentro. As lascas vão saindo e vão-me aquecendo. Passado algum tempo, o tronco está todo aberto por dentro, pronto a receber um enxame.

— Deve apanhar tanta ferroada!... — disse eu, todo encolhido, a lembrar o mau bocado que passara com os besouros.

— Não! — O velho riu. — As abelhas são bichinhos meigos, só espetam o ferrão quando se sentem ameaçadas. Mas, coitaditas, se espetam o ferrão, acabam por morrer... Elas poisam nas minhas mãos, na cara, no pescoço,

nas orelhas… e eu faço de conta que não é nada comigo, não lhes toco. E elas acabam por levantar voo.

Meu pai delirava com tantos enxames. E sonhava alto.

— Se tudo correr bem, daqui a pouco temos tantos ou mais do que estes!

E eu acreditei. Sonhava com frascos e frascos cheios de Sol, alinhados numa prateleira.

— Estou tolhido das pernas, cada vez me custa mais andar… já não posso correr atrás dos enxames novos… Resolvi dar alguns cortiços aos amigos que têm amor a estes bichos. Pode levar dois enxames!

O velho Paulino falava devagarinho, e eu sentia que tinha lágrimas escondidas na sua voz.

Pegámos nos sacos de serapilheira e com cuidado, para não alarmarmos as abelhas, enfiámo-los nos cortiços. Quando ficaram dentro dos sacos, bem atados nas pontas, começámos a descer a encosta, carregados com os enxames e os cortiços. Meu pai segurava também um frasco de mel que o velho Paulino teimou em oferecer-nos.

E, por estranho que vos pareça, era bom ouvir o zumbido das abelhas alvoroçadas com a estranha viagem.

Escondia-se o Sol quando chegámos a casa. Minha mãe ficou admirada quando nos viu com os sacos às costas, e alarmou-se quando lhe dissemos, muito contentes, o que vinha dentro deles.

Corremos para o quintal. Arranjámos uma laje comprida e experimentámos todos os cantos, à procura de um sítio abrigado do vento, onde o Sol batesse logo de manhãzinha.

Com cutelos afiados desbastámos todos os arbustos que ficavam à frente dos cortiços.

— Assim não batem em nada! — disse meu pai, cheio de sabedorias.

A Lua fazia-nos companhia quando retirámos os sacos. Por momentos, as abelhas ficaram endiabradas, riscaram o céu, zumbiram com mais força. Depois acalmaram.

— Não têm razão de queixa! — disse meu pai. — A casa é a mesma, a terra é que mudou!

Na manhã seguinte acordei muito cedo e minha mãe avisou-me de que meu pai já tinha saído de casa. Não perguntei para onde tinha ido, sabia muito bem onde o encontrar. Saí de casa a correr. O orvalho fazia finíssimas teias de aranha nas pontas das giestas, nos picos dos tojeiros, e brilhava nas heras que teciam as bordas. No ar já havia abelhas.

Meu pai estava ajoelhado atrás de um cortiço, a vê-las entrar e sair pelas ranhuras, rentes à laje.

Ajoelhei-me junto de meu pai e ali ficámos em silêncio a ouvir o zumbido que vinha de dentro da tosca colmeia.

De repente, meu pai levantou-se. Perguntou:

– Que dizes, rapaz?!… E se lhes déssemos o mel que trouxemos da casa do Tio Paulino?

Encolhi os ombros, nada contente com a ideia.

– Coitadinhas, devem estar esfomeadas… E se a gente as deixa morrer? Já viste, rapaz?!… Como é que elas vão arranjar comida, se agora não há flores! Rapaz, ouve o que te digo: se elas ficarem fortes, bem alimentadas, quando arribar a primavera vão fazer mel em barda! Anda, rapaz, vai num instantinho a casa buscar o frasco!

E eu fui.

Minha mãe começou a barafustar: "Se já se viu um disparate tamanho, nós estávamos a ficar doidos, o mel era tão preciso em casa, que ideia mais idiota!…"

Pusemos o frasco deitado e sem rolha em frente dos cortiços. Gerou-se logo grande alvoroço nos enxames, as abelhas deviam ter ficado contentes com a surpresa.

Fomos tratar do gado e da terra depois de a mãe nos ter chamado muitas vezes.

À noite fui espreitar o frasco. Do mel só tinha o cheiro. Admirado, levei o frasco vazio para casa.

Passaram-se muitos dias e muitas noites. Vieram ventos, vendavais, trovoadas, enxurradas. O chão cobriu-se de neve e de gelo. As abelhas tiveram direito a maçãs cozidas no Natal e nos dias em que o frio tomava conta da terra.

Nas noites longas de inverno, sentados em frente da lareira acesa, meu pai e eu fizemos um par de cortiços com o tronco de uma macieira velha que o vento derrubara.

Em março a chuva encharcou as terras, e os arados revolveram-nas.

Quando o cuco cantou pela primeira vez e os gamões das vides acordaram em pequenas folhas, as abelhas corriam por todos os sítios, desde manhãzinha ao sol-posto. E entravam carregadas de pólen, exaustas com a carga. Depois voltavam a sair e voavam para muito longe.

E meu pai todo contente a vê-las trabalhar:

– É muito bonito ter um rebanho com asas!

Num dia de junho, minha mãe começou a chamar por mim e por meu pai, que andávamos ao fundo de uma leira a regar milho. Aflita, esganiçava a voz:

— Saiu o enxame! Saiu o enxame!

Largámos as enxadas, deixámos a água a correr e atravessámos o milharal mais lestos que coelhos do monte a fugir dos caçadores. Meu pai não se calava:

— Pousa, abelha-mestra! Pousa, rainha! Corre, rapaz! Ajuda! Pousa! Grita, rapaz! Pousa, rainha! É o terceiro enxame! Pousai, minhas lindas!

Eu não gritava porque sabia que as abelhas não ouviam. Quando chegámos à beira de minha mãe, esbaforidos com a correria, começámos a rir. Num ramo de um pequeno carvalho havia um cacho muito apertado de abelhas.

Corri a casa buscar um cortiço. Meu pai poisou-o sob o ramo, sacudiu-o. Minha mãe fugiu, e as abelhas caíram dentro do tronco de macieira.

À noitinha, quando colocámos o enxame novo junto dos outros, meu pai rejubilava:

— Rapaz, já temos três, TRÊS enxames! Temos de fazer mais cortiços!

Em agosto, numa manhã de domingo, retirámos com cuidado as tampas de lousa, que serviam de telhado aos cortiços, depois de meu pai ter feito uma comprida morraça com um pedaço dum saco de serapilheira, onde ateou o fogo. O fumo baralhava as abelhas, que fugiam, pouco contentes com o assalto.

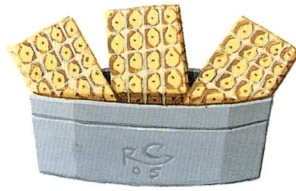

Com uma faca recurvada, em forma de lua em quarto crescente, meu pai tirou alguns favos do cortiço e pô-los dentro de uma bacia.

Tapámos os cortiços, contentes com a primeira colheita: uma pequena bacia cheia de favos doirados carregados de mel!

Entrámos na cozinha e esprememos os favos com as mãos. E era bom sentir o Sol a escorrer por entre os dedos, amarelo e cremoso, pingando em longos e grossos fios para dentro dos frascos de vidro transparente.

Dois anos passaram e os enxames triplicaram.

Meu pai andava sempre a dizer que um dia havia de ir à cidade comprar colmeias modernas e todos os utensílios dum apicultor. Mas nunca se decidia, inventava desculpas à última hora, afazeres inadiáveis, feiras a que não podia faltar. E não ia, porque a cidade metia-lhe medo, confundia-o muito.

E ainda bem que não foi.

Um ano resolvemos encher de batatas todo o quintal onde, todos alinhados, ficavam os cortiços.

Pouco tempo depois, as batateiras tingiram de verde toda a terra e algumas floriram. E meu pai, satisfeito:

— Rapaz, este ano vamos ter mel como nunca! O tempo vai quentinho, corre tudo de feição. Os meus rebanhos de asas estão a trabalhar como nunca vi!

Bem estrumado, sachado e regado, o batatal parecia um jardim. "Sem dúvida o melhor das redondezas", gabava-se meu pai.

Um dia, quando começámos a regar o batatal, ficámos furiosos: os escaravelhos tinham invadido o quintal e comiam as folhas todas. Lá se ia embora o batatal, depois de tanto trabalho!

— Estais muito enganados! — disse meu pai, furioso, aos escaravelhos.

Nesse mesmo dia corremos o quintal de ponta a ponta. Um jato de nevoeiro, lançado pelo pulverizador, cheio de água e pesticida, caía na terra. E os escaravelhos, gordos e vermelhuscos, mexiam-se, estonteados.

Quando acabámos o trabalho, corremos o quintal de lés-a-lés, vimos batateira por batateira. Perfeito! Os escaravelhos estavam como carvões.

Encantados!

Uma semana depois foi o desencanto.

Em volta dos cortiços havia centenas de abelhas mortas. O zumbido tinha desaparecido.

Incrédulos, batemos ao de leve em todos os troncos. Ninguém respondeu. Levantámos os cortiços e vimos grandes pirâmides de insetos mortos. Meu pai ficou com os braços caídos, a olhar para mim e para o batatal, para as abelhas.

Depois virou-me as costas e começou a andar devagarinho. Eu não disse nada.

Nessa noite não tivemos apetite para jantar.

ANTÓNIO MOTA nasceu em Vilarelho, Ovil, concelho de Baião, a 16 de julho de 1957. Cedo concluiu o curso do Magistério Primário e aos 18 anos era já professor do Ensino Básico.

Em 1979 publicou o seu primeiro livro, intitulado *A Aldeia das Flores*, e não mais parou de escrever, tendo-se dedicado essencialmente à literatura infantojuvenil. É neste âmbito, aliás, que tem atualmente cerca de 80 obras publicadas.

Recebeu vários prémios, dos quais se destacam o Prémio da Associação Portuguesa de Escritores (1983) para *O Rapaz de Louredo*, o Prémio Gulbenkian de Literatura para Crianças e Jovens (1990) para *Pedro Alecrim*, o Prémio António Botto (1996) para *A Casa das Bengalas*, o Prémio Nacional de Ilustração (2003) para *O Sonho de Mariana* (com ilustrações de Danuta Wojciechowska) e o Grande Prémio Gulbenkian de Literatura para Crianças e Jovens, categoria "Livro Ilustrado" (2004), para *Se eu fosse muito magrinho* (com ilustrações de André Letria). Além disso, a sua obra *O Sonho de Mariana* foi escolhida pela Associação de Professores de Português e pela Associação de Profissionais de Educação de Infância para o projeto "O meu brinquedo é um livro", lançado em 2005.

Em 2008 foi agraciado pela Presidência da República com a Ordem da Instrução Pública. Em 2014 foi nomeado para o prémio ALMA por ser "um dos mais prolíficos escritores portugueses para a infância e juventude" e por a sua obra ter "a singular qualidade de ser ao mesmo tempo intemporal e universal". A nomeação repetiu-se na edição de 2015 deste que é um dos mais importantes prémios internacionais na área da literatura infantojuvenil.

O contacto com os seus leitores é assíduo e multifacetado, tanto através das múltiplas visitas que faz a escolas e bibliotecas um pouco por todo o país como através da Internet, e de uma forma especial através das redes sociais, procurando o Autor, também dessa forma, fomentar o gosto pela leitura entre crianças e jovens.

Colaborou com vários jornais e participou em inúmeras ações organizadas por bibliotecas e escolas superiores de educação. Textos seus povoam diversos manuais escolares, mais de cinquenta títulos da sua autoria estão recomendados pelo Plano Nacional de Leitura, um consta das Metas Curriculares do Ensino Básico e algumas dezenas são referência da Internationale Jugendbibliothek de Munique, uma das mais conceituadas bibliotecas mundiais especializada em literatura infantojuvenil. Algumas obras suas estão traduzidas em galego, espanhol e alemão.

Tendo optado por nunca abandonar o espaço onde nasceu e se fez homem, António Mota deixa transparecer na sua escrita claras marcas de ruralidade e um aprofundado conhecimento dos sonhos, das alegrias e das tristezas que povoam o espírito das crianças que vivem no Portugal profundo. Nas suas histórias há sobretudo o desejo de divertir o leitor, de o fazer crescer através das personagens e das situações que descreve, de despertar a imaginação, de querer mostrar o prazer da leitura. Sente, sobretudo, que cada vez mais o fundamental é "contar uma história bem contada".

OBRAS DO AUTOR

Coleção OBRAS DE ANTÓNIO MOTA

Coleção SE EU FOSSE

Se Eu Fosse Muito Alto
Se Eu Fosse Muito Magrinho
Se Eu Fosse Muito Forte
Se Eu Fosse Muito Pequeno
Se Eu Fosse Um Mágico

Coleção BIBLIOTECA PEDRO E MARIANA

O Sonho de Mariana
Uma Tarde no Circo
O Coelho Branco
O Pombo-Correio
A Prenda com Rodas
Na Aldeia do Bem-me-Quer
A Praia dos Sonhos

Coleção CONTOS TRADICIONAIS

1 – A Galinha Medrosa
2 – O Sapateiro e os Anões
3 – O Príncipe com Cabeça de Cavalo
4 – Pedro Malasartes
5 – A Flauta Maravilhosa
6 – O Nabo Gigante
7 – A Princesa e a Serpente
8 – Maria Pandorca
9 – Os Negócios do Macaco
10 – João Mandrião
11 – A Rosa e o Rapaz do Violino
12 – Trocas e Baldrocas
13 – Clarinha
14 – Os Segredos dos Dragões
15 – O Anel Mágico

Coleção O MUNDO À MINHA VOLTA

Um Cavalo no Hipermercado
A Melhor Condutora do Mundo

Coleção BIBLIOTECA JUVENIL ANTÓNIO MOTA

1 – Os Heróis do 6º. F
2 – Os Sonhadores
3 – A Terra do Anjo Azul
4 – A Casa das Bengalas
5 – O Rapaz de Louredo
6 – Filhos de Montepó
7 – Pedro Alecrim
8 – O Agosto que Nunca Esqueci
9 – Cortei as Tranças
10 – Fora de Serviço
11 – Pardinhas
12 – Ninguém Perguntou por Mim
13 – O Lobisomem

FORA DE COLEÇÃO

Fábulas de Esopo
Contos Tradicionais
Sonhos de Natal
Outros Tempos